AF349703

LE MISERERE MEI DES ROCHELOIS,

SVR LA FIN DE LEVR MISERE.

M. DC. XXVIII.

DIALOGVE.

LE ROY, LE CARDINAL,
ET LA ROCHELLE.

LA ROCHELLE.

I R E, fur le point de mourir,
Voftre peuple de la Rochelle
Vous fupplie de le guerir
Du mal dangereux qu'on appelle
Miferere.

LE ROY.

Tu ferois hors de ce danger,
Si tu ne te fus, fans contrainte,
Donné à vn Prince eftranger,
Sans auoir ni refpect, ni crainte.

Mei.

Tu dois recognoiftre vn feul Roy
Legitime, qui te maiftrife,
Comme tu dois croire par Foy
Qu'il n'y a qu'vn feul en l'Eglife.

Deus.

Vn ROY, pour iuftement regner,
Doit employer fon bras fub'ime:
Car c'eft peché de pardonner
Au mefchant qui commet vn crime.

A 2

Secundùm.

Lors qu'on peche legerement,
Le crime est digne de clemence:
Mais vn seuere chastiment
Doit suiure tousiours vne offence.

Magnam.

Quand le Criminel destaché
Du gibet, a receu sa grace,
S'il fait recheute en son peché,
Ne merite pas qu'on luy fasse

Misericordiam.

LA ROCHELLE.

Mais, SIRE, de me punir
Vous moderez la iuste enuie,
Ie vous iure qu'à l'aduenir
De bon cœur ie diray ma vie.

Tuam.

LE ROY.

Ta fieure est au troisiesme accez,
Qui fait que ton mal s'enuenime;
Il me semble que c'est assez
D'auoir absous ton premier crime.

Et secundùm.

Trois fois ie ne te puis donner
Le pardon que tu me demandes;
C'est Dieu seul qui peut pardonner
Des fautes, tant soient-elles grandes.

Multitudinem.

LA ROCHELLE.

SIRE, puis que du ROY des ROYS
Vous estes & l'image & l'ombre,
Comme vous faites en ses Loys,

Vous

5

Vous deuez l'imiter au nombre
Miferationum tuarum.

LE ROY.

Defires tu remedier
A la faute par toy commif?
De ton reformé kalendrier,
Les noms de Rohan, & Soubize.
Dele.

LA ROCHELLE.

Ouy, de bon cœur ie vous promets
Les effacer d'ancre fi noire,
Qu'il ne s'en parle plus jamais,
Si vous ray z de la memoire
Iniquitatem meam.

Croyez que fi pour cefte fois
Voftre clemence nous pardonne,
Vous ne verrez les Rochelois.
Rebelles à voftre Couronne.
Amplius

LE CARDINAL.

Si tu as befoin de lauer
La lefciue, bien qu'auec peine
D'eau du puits, ou d'eau de la Mer.
(Puis qu'on t'a couppé la fontain .)
Laua.

LE ROY.

Peuple rebelle en peu de temps
Ie t'apprendray à recognoiftre,
(Mais ce fera à tes defpens)
Pour ton Roy & fouuerain Maiftre
Me.

res trahifors, & t s d ffeins

A

N'ont reüſſy qu'à ta ruine,
Autant inutiles que vains.
Puis qu'ils prenoient leur origine
Ab iniquitate.

LE CARDINAL.

Quand ils veulent jouër des dents,
SIRE, ils n'ont ni pain ni farine;
Ainſi de deux maux au dedans
Ils ſont preſſez de la famine
Et à peccato.

Il me ſemble que ie l'entends
L'Anglois, qui dit à la Rochelle,
Courage, à toy dans peu de temps
Auec vne Armée nouuelle.
Meo. Ie paſſe.

LA ROCHELLE.

Ie ſens mon mal ſe rengreger,
SIRE; & ſi pour coupper ſa ſource
Il eſt beſoin de me purger
Par vne ſeignée de bource.
Munda me.

Si tu me demandes, *quare*
Contre toy mes forces ie bande:
La reſponce que ie feray
A vne ſi ſotte demande,
Quoniam.

LA ROCHELLE.

Mon viſage paſle & terny
Porte ſidelle teſmoignage,
Que vous auez aſſez puny
Par voſtre inuincible courage
Iniquitatem meam.

LE

LE ROY.

Ie ne me laiſſe plus piper
Aux doux appas de tes promeſſes:
Ne ſonge plus à me tromper,
Car tes ruſes & tes fineſſes
Ego cognoſco.

LA ROCHELLE.

SIRE, appaiſez voſtre courroux,
Et n'ordonnez pas que ie meure;
Car, ſi i'ay failly contre vous,
Ie paye bien auec vſure
Peccatum meum.

LE ROY.

Mon cœur plein de ſeuerité
Ne ſe peut fleſchir par tes larmes;
Tu as ce mal-heur merité
D'auoir oſé prendre les armes.
Contra mea.

Tant de moyens tu as tenté
Pour contre-carrer ma Couronne
Que ie croy que ta volonté
Portée contre ma perſonne
Eſt ſemper.

Puis que tu as pour me trahir
Employé toutes tes malices,
Tu ne te dois pas eſbahir
Si ie m'en prens, pour tes cóplices,
Tibi ſoli.

Le ſimple adueu de ton peché
Ne peut pas appaiſer mon ire;
Iudas apres auoir peché,
Ne fut pas pardonné pour dire

8

Peccaui
Auant de te mettre au danger,
Auquel tu te laſſes de viure,
Tu deuois meurement ſonger
Au bien qui t'en pouuoit enſuiure
Et malum.

Tu te fuſſes par ce moyen
Gardé de tomber en ce piege,
Où tu perds ta vie & ton bien,
Et ie n'euſſe pas mis le ſiege
Coram te.

LA ROCHELLE.
On n'ordonne point la queſtion
A vn criminel que l'on iuge,
Lors que par ſon audition
Il dit librement à ſon Iuge,
Feci.

LE ROY.
Bien que par ta confeſſion
Tu aduouës eſtre coulpable,
Sans faire ſatisfaction
Ton repentir n'eſt pas capable
Vt iuſtificeris.

Ioint que ton pariure ſerment
Me fait entrer en deffiance,
Et deffend à mon iugement
D'aſſeoir iamais plus ma croyance
In ſermonibus tuis.

LE CARDINAL.
SIRE, quand ſous voſtre pouuoir
Vous aurez remis la Rochelle,
Il faudra que vous alliez voir

A

9

A Nifmes ce Prince rebelle
Et vincas.
Vous deuez punir ce voleur,
Comme traiftre à voftre Couronne,
Croy moy Rohan, tu as de l'heur
De ce qu'on ne tient ta perfonne
Cùm iudicaris.
A l'Anglois tu t'es alié,
(mais qui peut feruir à deux maiftres?)
Et n'oferois auoir nié
De luy auoir efcrit des lettres,
Ecce enim.
Tefmoin le porteur qui fut pris,
Et pendu en place Saline ;
Ainfi tu as efté furpris
Par la permiffion Diuine
In iniquitatibus.
LE ROY.
Rohan, Rohan, tu en fais trop,
Mais ie t'auray, traiftre & parjure,
Et te feray dire auec Iob,
A mon dam, & à la mal'heure
Conceptus fum.
Et toy Rochelle, apres la peur
Du mal'heur où tu es reduite,
Tu mourras auec ton fauteur
En ta religion maudite,
Et in peccatis.
LA ROCHELLE.
Sire, ayant peché par autruy,
Ma faute de pardon eft digne,
Car Rohan a efté celuy

B

Qui cette trahison insigne
Concepit.

LE CARDINAL

Ne soyez pas si rigoureux,
Pardonnez-leur ce peché, Sire,
Ie vous en supplie pour eux,
Ne vueillez pas donc esconduire
Me.

LE ROY.

Ie ne puis, & il ne se doit,
Leur pardonner ce crime extréme,
Ne m'en parlez-plus, quel qui soit
N'aura ce credit, non pas mesme
Mater mea.

LA ROCHELLE.

Sire, il fera tantost deux ans
Que ceste estrange perfidie
Ie complottoy auec Rohan,
Ouy, il faut que ie vous le dio
Ecce enim veritatem.

LE ROY.

Tu as donc, à ce que ie voy,
Trempé à cét infame crime,
Et vn rebelle, plus que moy
Qui suis ton Prince legitime
Dilexisti.
Mais tous tes conseils estoient vains,
Car des-ja depuis deux années
I'auoy descouuert tes desseins,
Et cogneu toutes tes menées
Incerta & occulta.
Tant que Phœbus luira sur toy,
Ton port, tes vaisseaux, & tes barques,

Pour t'en estre prise à ton Roy,
Porteront les visibles marques
Sapientia tua.
Toutes tes conspirations
Sont venuës à ma notice,
Et par tes lasches actions
Ta volonté & ta malice
Manifestasti mihi.

LE CARDINAL.

Sire, oyez ce que Rohan dit,
Si vous voulez que ie vous rende
Les villes où i'ay du credit,
Pluſtoſt de quelque ſomme grande
Asperges me Domine.
Si de ce chatoüilleux aymant
La drogue eſt vn peu colorée,
I'aualleray plus doucement
Cette medecine dorée,
Hyssopo.
Auec cette condition,
Sire, qu'outre la recompence
I'auray vne abolition
Generalle de mon offence
Et mundabor.

LE ROY.

Mais pluſtoſt doy-je par raiſon
Te faire ſouffrir mille peines,
C'eſt ainſi que ta trahiſon
Dans le plus pur ſang de tes veines
Lauabis.
Que ſi iamais le iuſte ſort
Te fait tomber ſoubs ma iuſtice,
Comme ton Lieutenant Beaufort,

12

N'espere pas d'auoir propice
Me.
LE CARDINAL.
Peuple Rochelois , bien souuent
l'hyuer au mitan de la place,
Exposé au froid & au vent,
tu as couché dessus la glace
Et super niuem.
LA ROCHELLE.
I'ay peur que dedans & dehors,
(Apres auoir souffert le siege)
Pour le grand nôbre des corps morts,
Plustost d'ossemens , que de neige
Dealbaber.
LE ROY.
Ie ne veux pas voir seulement
les Deputez que tu me mandes:
Et suis las d'ouyr si souuent
Bourdonner leurs sottes demandes
Audi tui meo.
Mais si tu veux la guerison
Du mal causé par mes gens darmes,
tu prendras bonne garnison,
Et tous tes Canons & tes Armes
Dabis.
Encor t'est-ce trop de bon-heur
Que ie te vueille faire grace,
Et doibs ressentir en ton cœur,
De ce que ton crime i'efface
Gaudium & lætitiam.
LA ROCHELLE.
Ouy, Grand Louys, si le pardon
Vostre clemence nous octroye,

Tout sera mis à l'abandon,
Et nos gens feront feu de joye,
Et exultabunt.
Ie perds le boire & le manger,
Mais c'est à faute de viande,
Et suis contrainte de ronger
(Tant la famine est icy grande)
Ossa.
Et lors que Nismes entendra
Que i'ay fleschy manque d'amorce,
Soudain à vos pieds se rendra,
Craignant qu'elle ne soit par force
Humiliata.
Que si la peur des chastimens
Ne peut vous la rendre fidelle,
Vos trouppes & vos Regimens
Contre ceste ville rebelle
Auerte.
Car d'effroy elle tremblera
Voyant de loing vos armes luire,
Mais bien plus, quand elle verra
Pleine de Majesté & d'ire
Faciem tuam.
Elle deuroit auoir appris
A mes despens, d'estre plus sage,
Et voyant comme il m'en a pris
Tirer vn bon apprentissage
A peccatis meis.
LE ROY.
Ce n'est pas toy tant seulement,
Mais Castres, Millau & Nismes
Qui à mon iuste chastiment

Seruiront de tristes victimes
Et omnes.
LA ROCHELLE.
Sire, en l'excez de mon mal'heur,
N'ordonnez-pas que ie trespasse,
I'ay souffert assez de douleur,
Et la punition surpasse
Iniquitates meas.
Tes desseins ont mal reüssy,
Rohan, ils nous sont inutiles,
La Rochelle, & Nismes aussi
Du petit nombre de tes villes
Dele.
Vous ferez bien de vous ranger
Freres, au deuoir volontaire,
Car le corps est en grand danger
Quand le mal saisit & & altere
Cor.
Si le Roy ne nous faict mourir,
Il nous battra comme des asnes,
Et contraindra d'aller courir,
Comme fit Philippe aux Marranes,
Mundum.
LE ROY.
Rochelle, pour tes attentats,
Perpetrez contre ma Couronne,
Des Escheuins & Magistrats
Catholiques, comme i'ordonne,
Crea.
LA ROCHELLE.
Quel remede dois je esperer
Reduite au comble de misere?
Mon mal ne peut que s'empirer,

Puis que vous estes en colere
In me Deus.
LE CARDINAL.
Dieu n'armeroit pas contre toy
Son bras vengeur, pauure Rochelle,
Si pour le seruice du Roy
Tu eusses heu le cœur fidele
Et spiritum rectum.
LA ROCHELLE.
Puis qu'il vous plaist, ô Grand Bourbon,
Me deliurer de tant de peines,
Nos estats, s'il vous semble bon,
Et nos coustumes anciennes
Innoua.
I'ayme mieux courir le danger
De me voir par vous saccagée,
Qu à faute de boire & manger
Souffrir vne faim enragée.
In visceribus meis.

ADVIS AV LECTEVR.

A-tant la Rochelle aux abbois
Se teut ne parlant que de geste,
Mais ayant recouuert la voix,
Elle vous dira tout le reste.

FIN.